L.-P. de Brinn'Gaubast

Sonnets Insolents

PRÉCÉDÉS

d'une Préface et d'un Argument par l'Auteur

PARIS
A LA LIBRAIRIE ILLUSTRÉE
7, RUE DU CROISSANT, 7

1888

À Gabriel Randon,
futur Académicien et immortel dans
les deux sens,
son somnambule,
Brunn.

SONNETS INSOLENTS

DU MÊME AUTEUR

FILS ADOPTIF, roman *vériste*, avec une Préface de l'Auteur, (Librairie Illustrée).

Sous presse :

COLLE FORTE, roman.

Pour paraître successivement :

PÉTRARQUE, drame en cinq actes, en vers.
VERS INSOLENTS (1880-1888).

L.-P. de Brinn'Gaubast

Sonnets Insolents

PRÉCÉDÉS

d'une Préface et d'un Argument par l'Auteur

PARIS
A LA LIBRAIRIE ILLUSTRÉE
7, RUE DU CROISSANT, 7
1888

PRÉFACE

SONNETS INSOLENTS! *L'auteur ne s'est pas au hasard arrêté à un pareil titre, pour ce tout petit recueil : il fait partie d'un ensemble, encore inédit, de* Vers insolents, *parmi lesquels se trouvent les pièces, comme ils disent, de plus longue haleine, et qui paraîtront en leur temps.*

Mais, ici même déjà, il se hâte de le déclarer, il a éprouvé le désir de ramasser beaucoup de choses en peu de mots. Il rêve d'une poésie lyrique, qui serait purement synthétique *et, — pour user d'un terme dont on a abusé, —* suggestive : *sans tomber dans le Décadisme, le Symbolisme, et autres prétentieuses erreurs en* isme *de cette fin de siècle. Il n'appartient à aucune école : si ce n'est pas se poser en théoricien que de vouloir réserver la synthèse aux poètes, l'analyse aux prosateurs, et que de voir, en cette solution, la seule chance de salut momentanément possible pour la poésie, dans une époque tellement utilitaire et scientifique.*

Quelque jugement qu'on porte sur de telles idées, et aussi sur d'aucunes assonances réfléchies, *et aussi sur certaine* sobriété voulue de style : *on n'en suivra pas moins, il l'espère, en ces pages, les transformations et les développements, logiquement humains et successifs, d'une conscience d'adolescent.*

Les vrais artistes, et quiconque pense, s'apercevront tout de suite de la connexité que l'auteur s'est efforcé d'établir entre ces vingt-quatre sonnets, conçus en série, et s'engendrant l'un l'autre, comme des théorèmes et des corollaires de géométrie... Et s'il a réussi à y introduire, relatives, cette concentration et cette concision qu'il eût souhaitées absolues, — concentration pour le fond, concision dans la forme : peut-être ces juges-là lui en sauront-ils gré.

LOUIS-PILATE DE BRINN'GAUBAST.

Juillet 1886.

++

ARGUMENT

A peine entré dans l'existence, bien décidé à en user largement, l'adolescent essaye des traditionnelles jouissances physiques et intellectuelles. La première qui le tente : l'Amour, — d'idéal peu à peu devient tout sensuel ; et il s'en blase. Sans doute, il y aurait la vertu : mais qu'elle lui semble fade, bientôt ! Que faire ? se consoler en observant les autres, ceux qui, à leur tour, aiment et souffrent ; s'ils lui demandent conseil, leur conseiller d'en rire ; ne jamais transiger, du moins ! avec celle qui l'a trahi ; s'étourdir à force d'excès ; oublier, dans les bras de la première venue, jusqu'à l'Art, qui ferait penser !... Sa conscience sa raison se réveillent, cependant ; l'inspiration l'exalte, le ressaisit le sauve. Soit ! mais à quoi bon travailler ? Ses meilleurs vers resteront en lui ; et quant à l'Art pur, l'Art pour l'Art, — le malheureux a trop souffert ! il a besoin d'y sentir une âme. D'ailleurs, quelle œuvre humaine égalerait la Nature ? — Se réfugier en cette dernière ? Hélas ! quel contraste il y trouve : entre cette inconsciente félicité sereine des choses, et les plus grands bonheurs sociaux, si panachés !... Jolis bonheurs qu'en général, on cherche, dans cette Société préoccupée du seul Argent ! — Et les réconfortantes rêveries humanitaires ?... La Guerre le décourage de la Fraternité ; la Liberté, l'Egalité, aboutissent à 93 ! — Regarder vers Demain ? De l'altruisme, alors ? Et Demain, pour lui-même, n'est-ce pas la mort, du reste ? Puis cette terrible idée de Dieu, d'un Dieu que les religions l'empêchent de comprendre et de voir ! — Se tuer ? Mais si, comme la vie, la mort le dupait, elle aussi ? Il aura donc le courage de vivre : virilement, mais dédaigneusement, résigné à ce qu'il faut subir.

I

VIEILLES DISTRACTIONS

A Jean Richepin

I

Vieilles distractions

A Jean Richepin

Puisqu'aux arrêts du Sort il n'est pas de pourvois;
Puisque, après avoir fait tant de superbes phrases
Et dans de si beaux vers enchâssé nos extases,
Nous mourrons, sans un chien pour suivre nos convois :

O poètes! fuyons la Ville et ses gravois;
Vagabondons rêveurs dans les campagnes rases;
Rassasions nos yeux de l'or des chrysoprases;
Et dans des cris d'amour égosillons nos voix!

Aussi bien, dans l'horreur de cette époque immonde,
Entre la mer brumeuse, où sombre le vieux monde,
Et l'Avenir, port vague où nous nous en allions,

Échoués, à mi-route, au milieu des ténèbres,
Nous péririons d'ennui près de nos galions,
Sans le banal attrait de ces plaisirs — funèbres.

II

VIEUX JEU

A Arthur Carrère

II

Vieux jeu

A Arthur Carrère

Dieu, Nature, Amour, *Lyre* et Mort, et cætera :
Voilà, m'affirmez-vous, un tas de vieilleries ;
Et le vague idéal de nos âmes pourries
S'accommode assez mal de ces mots d'opéra.

Cependant, sans souci de ce qu'on en dira,
J'aime encor mieux puiser à ces sources taries
Que de m'abandonner à des rêvasseries
Dont la mode s'étend ainsi qu'un choléra !

J'écris comme je pense, et mon esprit se cabre
Quand on me vante un art décadent ou macabre :
A quoi bon se coller UNE étiquette au front?

J'estime qu'un tel jeu ravale et déshonore ;
Et je soutiens, dussé-je y gagner un affront :
Que l'homme original est celui qui l'ignore.

III

TRISTE VÉRITÉ

A Paul Bourget

III

Triste vérité

A Paul Bourget

O Réalité sale ! Hélas ! si l'on savait !...
— Sans peur qu'un tel espoir nous assassine ou mente,
Nous rêvons bêtement d'une idéale amante,
Mièvres godelureaux sans barbe ni duvet :

Et quel amour on a, près de ce qu'on rêvait !
— A mesure qu'en nous le sang gronde et fermente,
Nous voyons s'effacer la vision charmante
Qui s'accoudait, jadis ! près de notre chevet...

L'adolescence passe ; arrive la jeunesse :
Déjà, sans qu'on choisisse et sans qu'on se connaisse,
Les cœurs, comme les chairs, s'accouplent au hasard.

Et, de plus en plus lourd, le même dégoût triste
S'impose à nos cerveaux, désabusés trop tard,
Pour la Vertu stupide et pour le Vice artiste.

IV

POUR FAIRE RIRE

A Paul Hénicque

IV

Pour faire rire

A Paul Hénicque

Tu sais combien je souffre, et tu souffres aussi :
Et tu veux que j'arrache aux cordes de « *ma lyre* »
Des sanglots comme ceux qui scandent ton délire,
Des vers comme les vers qui bercent mon souci.

— A quoi bon des sanglots? à quoi bon des vers, si
Les mots dont ils sont faits sont douloureux à lire,
Si, quand l'amour nous blesse, hélas ! il en faut rire,
Et si, quand on en crève, il faut râler : « Merci » ?

Crois-moi : quand ta gaîté serait stupide et fausse,
Chante et ris ! jusqu'au jour où l'on fera ta fosse,
Ris ! au nez de la Mort comme au nez des vivants !

Dût ton cœur se briser dans d'horribles alarmes,
Ris ! des serments d'amour qu'ont emportés les vents :
— Dieu serait trop content si tu versais des larmes.

V

LES POÈTES ET L'AMOUR

A Armand Silvestre

V

Les Poètes et l'Amour

A Armand Silvestre

Vous célébrez l'Amour, ô poètes menteurs!
Et vous osez chanter pour les races futures
Qu'il est un charme même au fond de ses tortures :
Et vous livrez vos fils aux mains des tourmenteurs!

A quoi bon ce fatras de mots adulateurs ?
Et croyez-vous, vraiment, que nos progénitures
Ne vous maudiront pas, vous et vos impostures,
Quand ils verront en vous leurs sacrificateurs?

Ah ! si du moins vos vers, ensorcelant les femmes,
Etouffaient, d'un seul coup, leurs caprices infâmes
Dans un affreux remords de leur férocité !...

Mais j'ai peine à comprendre, en mon dédain pour elles,
Qu'à les flatter sans but on courbe sa fierté,
Quand l'on en est réduit au rang — des Sganarelles !

VI

BONHEUR D'IDIOT

A Madame Fanny Bergeron

VI

Bonheur d'idiot

A Madame Fanny Bergeron

On m'a dit que je dois m'amuser : je m'amuse !
— C'est-à-dire qu'afin de chasser mon souci,
Je fais comme tous ceux de mon âge ; et voici
Les « *plaisirs* » pour lesquels je te délaisse, ô « *Muse* » :

Se battre par... amour ? ainsi qu'un cerf en muse,
Hier pour celle-là, demain pour celle-ci ;
Rire ; chanter ; jouer ; s'enivrer... Dieu merci !
Je m'en donne à cœur-joie et j'oublie ! — Et je m'use.

Si je n'y gagne pas de m'en aller plus tôt
D'ici pour le néant, pour l'enfer ou là-haut,
C'est que, décidément, je suis un pas-de-chance !

Ma conscience, au moins ! sera calme : j'aurai
Employé bêtement ma belle intelligence
A vivre sans penser, — seul bonheur qui soit vrai !

VII

DOUBLE MENSONGE

A Virginie

VII

Double mensonge

A Virginie

Tout est petit en toi, petite créature !
— Je raille ta faiblesse et ton front sans cerveau,
Et ta poitrine froide et superbe, caveau
Où gît, mort à jamais, ton cœur en pourriture.

— Tu railles, à ton tour, le Beau qui me torture,
Mal sans cesse identique et sans cesse nouveau,
Et mes nuits, dont la Mort dévide l'écheveau
Sur la bobine d'or de la Littérature...

Et tu dis malgré tout, et malgré tout je dis
Que nous nous aimerions même au fond d'un taudis,
Et nous savons, pourtant ! que ce sont des mensonges :

Car tu ne m'aimes point, je ne t'adore mais ;
Tu détestes mes vers, ma tristesse et mes songes,
Et pour moi ta bêtise, énorme ! — a peu d'attraits.

VIII

MATIN D'IVRESSE

A Eugène Millot

VIII

Matin d'ivresse

A Eugène Millot

Les uns pour le plaisir, d'autres pour oublier,
Infectant nos gosiers d'une odeur de charogne,
Nous employons les nuits à nous rougir la trogne,
Et nous hurlons ainsi que des fous à lier ;

Nos pas, quand nous rentrons, ébranlent l'escalier
Comme un bois vermoulu qu'une lézarde rogne ;
Et nos serments d'amour sont des hoquets d'ivrogne !
Et nous scandalisons les voisins du palier.

C'est bien ! quelques moments encor de ce système :
Et les femmes à qui nous avions dit : « Je t'aime ! »
Et qui nous ont trahis pour des fils de bourgeois :

Ces femmes ! seront hors de notre cœur futile ;
Et nous savourerons, pour la première fois,
L'orgueil d'avoir sali ce viscère — Inutile.

IX

REMORDS STÉRILES

A Paul Roinard

IX

Remords stériles

A Paul Roinard

APRÈS avoir lutté contre les assiégeants.
Bien longtemps! le poète est pris d'incertitude;
Il va rire avec eux loin de sa solitude,
Jusqu'au jour où, lassé de leurs plaisirs changeants :

— « Pourquoi vous ai-je fuis, bonheurs intelligents? »
Dit-il. « Tout me répugne en cette multitude!
» Dans quel coin de mon âme est mon goût pour l'étude?
» Dans quel gouffre vaseux m'ont fait tomber ces gens?

» Du moins, pour m'arracher, avec tout ce qui m'aime,
» Au méprisant dégoût que je sens de moi-même,
» J'ai bien assez de temps jusqu'au jour de mourir... »

— Poète, il est trop tard ! Dans le jus des vignobles,
Dans l'or et dans le jeu, dans les amours ignobles,
Trop de honte est toujours pour qu'on puisse en guérir !

X

L'« INSPIRATION »

A Marc Legrand

X

L'« Inspiration »

A Marc Legrand

J'AI beau me retourner sur ma couche, en criant :
— « J'ai sommeil, à la fin ! je veux dormir ! je nie
» Qu'un poète lyrique ait droit à l'insomnie,
» Comme un oiseau, l'hiver, a droit à l'Orient ! »

Fureur stérile. Alors, je deviens suppliant :
— « Je n'écris pas de vers, c'est une calomnie !
« Sois bonne... » Et sur ma table, abondamment fournie,
Le Monstre prend des vers qu'il déclame en riant.

Et je lui tends mon poing fébrile ! et je murmure,
Tout en ingurgitant des torrents de bromure :
— « Nous verrons, cette fois ! si tu l'emporteras... »

Mais, comme il sait le mot magique qui m'enchante,
Il parle : et sous mon crâne, au bruit de ses hourras,
La rime au bout des vers se précipite et chante !

XI

LE PAPIER BLANC

A Sully Prudhomme.

XI

Le Papier Blanc

A Sully Prudhomme

Sur ma table, parmi d'illisibles grimoires,
Griffonnés par mes doigts fébriles, et couverts
Les uns d'infâme prose et les autres de vers,
Le divin Papier Blanc fait chatoyer ses moires.

Pourquoi je l'ai tiré du fond de mes armoires ?
— C'est que Dieu ne veut plus, tant nous sommes pervers,
Nous permettre, comme aux oiseaux dans les bois verts,
De garder tous nos chants au fond de nos mémoires...

— Pourtant, quelque douleur qui saigne à notre flanc,
Nul de nous, ô Papier resplendissant et Blanc !
N'est digne de noircir ta gloire immaculée :

Les plus victorieux ne sont jamais vainqueurs,
Absolument, du Rhythme et de la Rime ailée ;
Et le meilleur de nous reste au fond de nos cœurs.

XII

LE SPHINX DE GISEH

A Édouard Dubus

XII

Le Sphinx de Giseh

A Edouard Dubus

Rouge sur l'indigo du ciel incandescent,
Le Sphinx lève vers l'Orient ses yeux de pierre;
Et l'immobilité de la lourde paupière
Grandit la fixité de ce regard perçant.

Mais ce regard terrible et doux, où le passant
Cherche la tension d'une intime prière;
Cette lèvre, où le vol d'un rire éternel erre
Comme une abeille d'or sur un lotus naissant;

Ce regard, cette lèvre, hélas ! n'ont jamais, l'une,
Rien dit ; l'autre, rien vu, sous l'arc blanc de la Lune,
Ou sous le char sanglant du Soleil assassin.

Et l'homme dont les yeux voient ce beau corps de femme
Indifférent, — ne songe à son parfait dessin
Que s'il n'a pas besoin de lui sentir une âme.

XIII

ART ET NATURE

(DEVANT LA VÉNUS DE MILO)

A Théodore de Banville

XIII

Art et Nature

(DEVANT LA VÉNUS DE MILO)

A Théodore de Banville

Le besoin de créer vous torture et vous hante,
Artistes ! Vous prenez la Lyre ou le Ciseau :
Et l'Inspiration, sur ses ailes d'oiseau,
Emporte dans son vol vos fronts qu'il épouvante.

L'œuvre la plus parfaite est pourtant décevante :
Rien ne vaut un rayon dans une goutte d'eau ;
Rien n'égale un soupir du vent dans un roseau ;
Rien n'atteint au frisson de la Forme vivante !

— Tu le sais, ô Vénus ! — C'était un soir d'été ;
Les vierges de Milo livraient leur nudité
Aux baisers du zéphyr et de la mer Egée ;

Et, devant ce concert de lignes et d'accords,
Moins beaux, mais plus *vivants* que ta splendeur figée,
Tes bras désespérés te sont tombés du corps.

XIV

DÉSIR D'OISEAU

A Catulle Mendès

XIV

Désir d'oiseau

A Catulle Mendès

Dans la virginité des bois des Amériques,
Où des milliers d'oiseaux, vêtus par Dieu d'habits
De diamants, d'or vert, d'azur ou de rubis,
Jusqu'à s'égosiller disaient des chants lyriques :

J'ai vu des végétaux dont les couleurs féeriques,
Les feuillages, pareils à des sabres fourbis,
Le cliquetis bizarre et les frissons subits
M'emplissaient, tout enfant, de terreurs chimériques.

— Or, dans ce noir Paris plein de dérisions,
Tout un essaim confus de folles visions,
Aujourd'hui que je songe à ces terreurs lointaines,

Tourbillonne, ô forêts ! dans mon âme et mes yeux ;
Et j'éprouve, ayant soif de boire à vos fontaines,
Comme un désir d'oiseau d'aller vers d'autres cieux...

XV

CONSEILS INFAMES

A Paul Renaud

XV

Conseils infâmes

A Paul Renaud

A l'âge où les pédants vous ont sous leur férule
Et font rouler sur vous comme une avalaison
Tant de banalités, que la démangeaison
De frotter leurs museaux parcheminés vous brûle;

Tandis que, du sommet de leur chaire curule,
Ces vendeurs de bêtise et de conjugaison
Versent leur ennui lourd dans vos cœurs sans raison
Où l'appel gazouillant des buissons d'or garrule :

Envolez-vous, enfants ! dans le rêve et l'éther !
Laissez-là le régent bougon, le magister,
Les cuistres diplômés par des paons en démence :

Si du moins, pour trouver le sens du mot *Sursum*,
Vous ne préférez pas, à la Nature immense,
Le pédagogue en bois qui l'inflige en pensum.

XVI

LA FLEUR DE L'ŒNOTHÈRE

A Alfred Vallette

XVI

La Fleur de l'Œnothère

A Alfred Vallette

O grands magnolias des bois de la Floride !
Cyprès désespérés de ses bosquets riants ;
Vieux chênes, qui baignez vos fronts luxuriants
Dans les immensités de son azur torride !

A l'heure éblouissante où le Soleil débride,
Il est un végétal dont la fleur, ô géants !
Ouvre, pour l'admirer, ses yeux insouciants
Au pied de vos piliers que le temps brode ou ride ;

Cette fleur éphémère est peinte en or ; la nuit,
Son calice, enivré d'amour, s'épanouit ;
L'aube la diamante ; et le matin la fane.

— Qui de nous, opprimés par une Loi d'airain,
N'accepterait ton sort puisque, ô fleur diaphane !
Tu ne connais du ciel que son aspect serein ?

XVII

AUX AUTRES

A Villiers de l'Isle-Adam

XVII

Aux Autres

A Villiers de l'Isle-Adam

J'ai beau prêter l'oreille à la rumeur des villes :
Je n'y distingue plus qu'un bruit de coffres-forts !
Et l'Art même, où je cherche en vain des réconforts,
Répond à mon appel des vers de vaudevilles.

— Des scrupules ? c'est bon pour les esprits serviles ;
Et, bien décidément, ceux-là ne sont « *pas forts* »
Qui préfèrent mourir, et ne font point d'efforts
Pour se résigner l'âme au gain des œuvres viles...

Qu'importe? En méprisant votre or empoisonneur,
Notre imbécillité ne va pas sans honneur :
Et qui sait si plus tard, en ruminant vos fautes,

Vous ne sentirez pas, sous le fouet du Remords,
Vos cœurs épouvantés se heurter à vos côtes,
Vous qui rirez de nous lorsque nous serons morts ?

XVIII

A PALLAS-ATHÉNÉ

XVIII

A Pallas-Athéné

O Pallas-Athéné, ma mère et ma nourrice ;
Type de toute force et de toute beauté ;
Qui nourris tes fils, vierge en ta maternité,
De pensers sculpturaux purs de tout vain caprice !

O Vierge-aux-beaux-cheveux ! Ergané ! Protectrice !
Qui vêts d'ivoire et d'or ta sainte nudité !
Cuirasse, je te prie, avec ta volonté,
Mon âme ; et règle ses élans, Législatrice !

Mais surtout fais ma France, ô Déesse-aux-yeux-clairs !
Terrible comme un temple environné d'éclairs :
Pour qu'elle sème au loin le grain de ta justice ;

Pour que la Terre soit UNE patrie ; et pour
Qu'harmonieusement mon cœur se réjouisse
De voir, avec la Guerre, abolir le tambour !

XIX

LES « REINES DE HONGRIE »

(1793)

A Edmond de Goncourt

XIX

Les « Reines de Hongrie »

(1793)

A Edmond de Goncourt

PRINCESSES de la Gueule et marchandes de moules,
Les « *Reines de Hongrie* », Agnès Lefèvre, Audu,
Geneviève Dogan, Louise Bouju, soûles,
Le poing gauche à la hanche et le poing droit tendu,

Comme de lourds vaisseaux fendant les grandes houles,
Marchent, superbement, dans le peuple éperdu ;
Et l'applaudissement, bête et profond, des foules,
Répond à leur jargon — sans l'avoir entendu :

Car le hurlant troupeau de mégères puantes
S'arrête, une heure ou deux, à chaque carrefour,
Et jette, à la stupeur de ces brutes béantes,

Des mots que corrobore en ronflant le tambour,
Et dont chacun, vomi par ces horribles gouges,
Evoque un assassin qui s'enfuit, les mains rouges.

XX

HIER ET DEMAIN

A Samuel Cornut

XX

Hier et Demain

A Samuel Cornut

VAINE admiration d'un âge énigmatique !
—Pourquoi loucher ainsi vers l'Inde ou vers l'Iran ;
Vers Athènes, pendue aux lèvres d'un tyran ;
Vers les Romains de Rome ou le Romain d'Utique ?

Voyons ! *Zend* ou *Vèdas,* philosophie attique,
Idéalisme vide ou fatras du *Koran* :
Ce sont, de Zoroastre à Maine de Biran,
Les mêmes *rossignols* dans la même boutique !

L'Histoire et ses leçons ?... L'art antique et ses rois ?...
La fidélité lâche à des dogmes étroits ?...
Ne nous jugez donc pas plus sots que nous ne sommes :

Nous avons nos besoins, ces temps ont eu les leurs ;
Prenez leurs lois, c'est bien ! imitez leurs grands hommes...
— Mais, pouvant travailler, pourquoi vivre en voleurs ?

XXI

DEVANT LA MORT

A Madame Ackermann

XXI

Devant la Mort

A Madame Ackermann

QUAND on est un vieillard usé par tous les bouts,
Et qu'on arrive, ô Mort ! près de ton précipice,
Sous ses courtines d'or, ou dans son lit d'hospice,
On passe de longs jours à se tâter le pouls !

Comme un lion gisant dévoré par les poux,
L'âme se sent mordue, en ce moment propice,
Par des doutes affreux devant le frontispice
Du sépulcre où le ver deviendra son époux.

— Ne laisserons-nous donc jamais, fous incurables,
Devant l'inanité de nos peurs misérables,
La pourpre de la honte ensanglanter nos fronts?

Et n'aurons-nous jamais la pudeur de nous taire,
Et le faible courage, à l'heure où nous souffrons,
De priver de nos pleurs Dieu qui s'en désaltère ?

XXII

LA VERRIÈRE

I

A Emile Verhaeren

XXII

La Verrière

I

A Emile Verhaeren.

Sur la verrière ancienne, entre les armatures,
Debout dans la splendeur des bleus fleurdelysés,
Vous nous éblouissez, ô Saints martyrisés!
Par l'auréole d'or promise à vos tortures.

Pourtant, — respectueux devant vos sépultures, —
Nous raillons sourdement vos fronts divinisés ;
Et nous nous en allons de l'église, grisés
D'art, et non d'espérance en des gloires futures.

Sur ces vitraux, où flambe un merveilleux décor,
En vain tel Séraphin s'essouffle dans un cor :
Au diable ce corneur dont nous n'avons que faire !

Mais, quand nous en rions ; quand nous bafouons Dieu
Dans ce Jésus, orné du *nimbe crucifère*,
C'est à la joie aussi que nous disons adieu !

XXIII

La Verrière

II

A Gabriel Randon

Certes! il est des gens dont l'âme théâtrale,
Raillant le viatique et les sels baptismaux,
En souffre, tout au fond, sans avouer ces maux,
Et vomit un blasphème avec le dernier râle.

Mais le Doute est, pour nous! une prison claustrale
Où nous tournons sans fin comme des animaux;
Et nous pleurons les jours où, portant des rameaux,
Nous quittions, pleins de foi, la vieille cathédrale:

Jours où des hommes purs, semblables à des rois,
Sous l'aube et la chasuble où brillaient des orfrois,
A nos baisers d'enfants tendaient la « *paix* » dorée !

— Et nous mourrons sans eux, désespérés d'avoir
Maudit, avec l'Eglise autrefois adorée,
Dieu que ses prêtres seuls nous empêchaient de voir !

XXIV

ESTO VIR

A Leconte de Lisle

XXIV

Esto vir.

A Leconte de Lisle

On naît, on vit, on aime; on en rit, on en pleure :
Et le printemps, toujours! aboutit à l'hiver ;
Et toujours le fœtus va du néant au ver;
Et notre vie est courte, et n'en est pas meilleure !

Et la Nature, et l'Art, et l'Amour, tout nous leurre !
Quand nous pensons au ciel, on nous parle d'enfer ;
Et, quand la Mort sur nous met ses ongles de fer :
« Enfin ! » soupirons-nous joyeusement, « c'est l'heure ! »

— Pourtant, puisque l'on peut, à force de dédain,
Se créer par le rêve, ici-bas, un Eden,
Savoir se résigner serait faire acte d'homme ;

Quand la mort est si douce, il est beau de rester !
Et, comme a dit Ovide avant M. Prudhomme :
La douleur est moins lourde à qui sait la porter...

TABLE

TULLE, IMP. J. MAZEYRIE.

www.ingramcontent.com/pod-product-compliance
Ingram Content Group UK Ltd.
Pitfield, Milton Keynes, MK11 3LW, UK
UKHW020255220726
13923UKWH00002B/931